LE

GUIDE FRANÇAIS,

OU

LE *MEA-CULPA*

DES FACTIEUX.

Ainsi certaines gens faisant les empressés,
S'introduisent dans les affaires;
Ils font partout les nécessaires,
Et partout importuns devraient être chassés.

PARIS,
A. PIHAN DELAFOREST,
IMP. DE MONSIEUR LE DAUPHIN ET DE LA COUR DE CASSATION,
rue des Noyers, n° 37.
1830.

LE

GUIDE FRANÇAIS.

Une tàche glorieuse à remplir, et qui doit rester immortelle, est celle de déchirer le voile dont se couvre les démagogues qui voudraient, à l'aide des plus odieuses machinations, anéantir le gouvernement légitime de nos Rois, pour lui substituer l'anarchie avec ses hideuses saturnales.

Je vais démontrer qu'il existe depuis long-temps un parti opposé au bien de la patrie, et à la prospérité du pays. Depuis 10 mois que notre auguste monarque a, par sa sage prévoyance, appelé un ministère nouveau pour consolider les affaires de l'Etat qui étaient menacées d'un bouleversement total, dans le système rétrograde de nouvelles concessions accordées par de trop faibles ministres au parti libéral : depuis cette époque, les conseillers de la couronne ainsi que tous les chefs des différentes branches d'administration, ont été en but à la haine et à la jalousie de MM. les libéraux, ou des feuilles soumises à leur volonté, puisque la plupart de ces MM. en sont les rédacteurs principaux. Chaque jour ces feuilles révolutionnaires jettent l'épouvante, manifestent de nouvelles craintes; à les entendre, la France entière serait à la veille de grands évènemens; les coups d'Etats, l'arbitraire, le nouveau système par ordonnance, la Charte foulée aux pieds et méconnue, et autres inepties semblables.

Ce n'est point par des paroles qu'il faut prouver toutes ces absurdités, c'est par des faits, et certes les circonstances en fournissent de positifs.

M. le prince de Polignac ne fut pas comme on a voulu le faire croire, appelé au ministère par une combinaison de cour, ce fut par les ordres et par la volonté seule de S. M. pour composer un cabinet sage et modéré, qui pût déjouer promptement les manœuvres et les intrigues du parti libéral, qui, chaque jour, faisait de nouveaux progrès et voulait de plus en plus envahir le pouvoir de toutes ces créatures, et entraîner la couronne dans des pièges tendus, pour l'anéantir à jamais.

M. le prince de Polignac comprit parfaitement les intentions du monarque et les besoins du pays; il s'entoura d'hommes capables, entièrement dévoués à la monarchie, et qui, par leurs principes et leurs talens, ont rempli le but que S. M. s'était proposé. Des conseillers sages et éclairés, dont les résolutions sont fermes et immuables, furent admis le 19 mai, à compléter le cabinet de S. M.

Les factieux jaloux sans doute du bonheur dont jouissent les Français sous le gouvernement de Charles X, voudraient, par de sinistres présages, en éloigner les nombreux partisans.

Pour dissiper des alarmes aussi mal fondées, il s'agit simplement d'examiner de quoi se compose ce comité directeur: *d'hommes de toutes les classes de la société, qui, sous la dénomination de royalistes constitutionnels, ne sont autres que des meneurs révolutionnaires*, qui, prétendant défendre les droits du peuple et ceux de la monarchie, ne cherchent rien moins par leurs discours et écrits consignés dans leurs feuilles ou journaux incendiaires, à ramener parmi nous l'horrible fléau d'une guerre civile.

Malgré tous les efforts, toutes les manœuvres de la faction révolutionnaire et de ses émissaires et agens disséminés sur tous les points du royaume, l'harmonie qui règne entre le Roi et son peuple ne sera jamais troublée.

Si cette faction n'était pas l'ennemie jurée de l'ordre, de la prospérité et du repos public, se servirait-elle de semblables moyens pour séduire, corrompre et entraîner dans une chute inévitable et certaine, des hommes qui, malheureusement trop prompts à s'exalter, embrassent sans réflexion d'aussi exécrables doctrines ; mais il sera facile de ramener dans le chemin de la droiture et de l'équité, ceux qui, par des promesses aussi absurdes que mensongères, auraient eu la faiblesse de se laisser séduire.

La faction désorganisatrice échouera sur ce point comme sur beaucoup d'autres : *Ses cyniques desirs et ses funestes espérances ne pourront jamais se réaliser, par l'existence immortelle des nobles et illustres rejetons des descendans de Saint-Louis.*

Le discours de la couronne a excité partout le plus vif intérêt; les hommes dévoués au trône ont vu avec satisfaction la résolution ferme et inébranlable, et les beaux sentimens de S. M. pour le bien, la gloire et la prospérité du pays.

Charles X connaît cette faction qui veut tout envahir ; il la vaincra, et ses royales paroles furent la blessure la plus mortelle faite au camp et à la masse des factieux.

Que l'on est fier et glorieux de pouvoir répéter textuellement ces paroles à jamais mémorables prononcées à l'ouverture d'une session qui était appelée à marquer par ses travaux les fastes de notre internissable gloire :

« Messieurs, le premier besoin de mon cœur est de voir la France heureuse et respectée, développer toutes les richesses de son sol et de son industrie, et jouir en paix des institutions dont j'ai la ferme volonté de consolider le bienfait. La Charte a placé les libertés publiques sous la sauvegarde des droits de ma couronne. Ces droits sont sacrés. Mon devoir envers mon peuple est de les transmettre intacts à mes successeurs.

« Pairs de France, députés, je ne doute pas de votre concours pour opérer le bien que je veux faire; vous repousserez avec mépris les perfides insinuations que la malveillance cherche à propager. Si de coupables manœuvres suscitaient à mon gouvernement des obstacles que je ne peux pas, que je ne veux pas prévoir, je trouverais la force de les surmonter dans ma résolution de maintenir la paix publique dans la juste confiance des Français, et dans l'amour qu'ils ont toujours montré pour leurs Rois. »

Comment les ennemis du trône ont-ils répondu à la sollicitude paternelle du meilleur des Rois, à cette prévoyance qui embrasse tous les besoins, comme elle doit aussi calmer toutes les injustes alarmes, par des provocations à de nouvelles défiances, par de perfides et calomnieuses accusations; enfin en niant avec impudeur tout le mal qu'ils ont fait.

Où sont donc nos coupables manœuvres disent les factieux ?

Je leur répondrais les voici :

1° Les associations illégales pour le refus de l'impôt; 2° les clubs de la rue de Richelieu et autres; 3° les banquets civiques donnés par les anciens clubistes de la rotonde; fanfares jouées, adulations, encens, chants de triomphe qu'ils se sont prodigués, vanité de démagogues, s'enivrant de leur popularité factice, charlatans de liberté jouant sur des traiteaux à la souveraineté du peuple, extravagance, sédition, fureur, sottise et ignoble rivalité, voilà un échantillon de cette fameuse réunion; sans oublier non plus, la harangue prononcée du haut d'une chaise, etc., etc., etc.; 4° les promenades départementales du mannequin de la révolution, faites dans le but de susciter de nouveaux troubles; 5° et enfin l'offensante adresse présentée au Roi, et votée par les illustres 221.

Voilà, ce me semble, des actes de rébellion formels aux préragotives de la couronne.

Une punition exemplaire devenait nécessaire et même indispensable : les factieux reçurent la leur par la dissolution de la chambre élective.

Electeurs, voilà les hommes que vous aviez revêtus de vos pouvoirs et de votre confiance!

jugez-les maintenant par leurs actes, et voyez s'ils doivent encore espérer vos suffrages.

Depuis la restauration, époque à jamais mémorable, puisqu'elle fut marquée par le retour de nos princes légitimes et chéris, de l'auguste famille des Bourbons enfin; depuis cette époque, dis-je, beaucoup de ministères se sont succédé, aucun n'a convenu aux membres du comité directeur, qui n'ont cessé d'accabler les ministres du Roi d'injurieuses calomnies, d'épithètes grossières et mensongères, et cela dans quel but? est-ce dans celui de faire dégrever les contribuables? d'adoucir leur charges et de faire rendre justice à ceux qui auraient eu à la solliciter? Oh! non, sans doute. Vos mandataires ne se sont point occupés de l'intérêt général; c'est le leur personnel qu'ils recherchaient; car dans le nombre de ces messieurs, il en existe qui n'ayant plus rien à désirer sous les rapports de la fortune, puisqu'ils en ont acquis de colossales, voudraient briguer et envahir tous les honneurs, se voir placés au pouvoir, et enfin à la tête des affaires du gouvernement. Voilà le but principal et réel de toutes les grandes discussions de tribune, et des anathèmes sans fin, lancés journellement par les membres de ce club sanguinaire. Je le prouve, je le répète : jamais l'intérêt véritable des contribuables et la prospérité du pays ne fut dans la pensée de ces hommes.

Ils ne pourront jamais en fournir une seule preuve. Au contraire, ennemis du bien et du repos public, ils cherchèrent toujours à entraver la marche des affaires de l'État, en se couvrant du masque de la plus noire hypocrisie; ils voudraient rejeter la conséquence du mal qu'ils ont fait, et en donner la responsabilité toute entière aux ministres du Roi, qui ne veulent que le bien, le bonheur et la prospérité du pays. Les membres de cet infernal comité-directeur répandent depuis quelque temps avec arrogance et profusion des feuilles et pamphlets séditieux, pour enlever et chercher à s'approprier les suffrages des électeurs auxquels ils veulent persuader que les ministres du Roi sont les ennemis jurés de la monarchie et du pays ; que ces mêmes ministres travaillent constamment à détruire nos institutions, ainsi qu'au renversement de la charte. De semblables machinations ne pourront rien sur l'esprit et la sagesse des électeurs; ils sont tous Français, et sincèrement dévoués au monarque qui gouverne, ils sauront au contraire seconder les intentions paternelles du Roi, et concourir, par leurs votes francs et consciencieux, à donner à la France des députés dignes d'elle, et non pas ceux qui ont osé imposer au Roi des ministres selon leurs vœux.

Ceux dans lesquels le Roi a si justement placé

sa confiance, et qui sont à la tête des affaires de l'Etat, peuvent seuls rétablir les choses sur leurs véritables bases.

Leur attitude ferme et inébranlable paralyse tous les jours les coupables et funestes effets d'une faction désorganisatrice et envahissante, et par leurs soins généreux et éclairés, la France verra expulser entièrement de son sol ce fléau de nouveaux machiavellistes.

Gloire et honneur aux ministres du Roi; ils ont été inaccessibles à toutes les séductions, et sourds aux criailleries des journalistes et pamphletaires de la révolution. Une nouvelle carrière s'ouvre devant eux. Il s'agit de réunir tous les royalistes sous la même bannière, tous ceux qui sont dignes de ce nom; de les fortifier de tous les bons Français qui, ayant vu où le parti révolutionnaire voulait les conduire, n'aspirent qu'au moment de marcher avec un ministère qui, fort de l'appui d'un grand Roi, ne veut et ne désire que le maintien de nos institutions et la prospérité de la patrie.

Examinons maintenant avec impartialité et sans haine de parti, les actes du ministère depuis sa création, et voyons s'il a encouru le blâme de la nation.

La chambre élective a refusé son concours au Roi, et par ce moyen retardé toutes les améliorations que sa majesté se proposait d'apporter dans les diverses branches de l'administration.

1° Un projet de loi pour affranchir le traitement des militaires de toutes les retenues qui ont lieu pour la caisse des Invalides, ce qui aurait visiblement amélioré le sort de l'armée. Rien n'eût été plus équitable et peut-être plus urgent qu'une pareille mesure.

2° On devait, au moyen de différentes mesures financières, sans toucher au fond de l'amortissement tel qu'il est constitué aujourd'hui, et sans ajouter aux impôts, 350 millions en cinq années devaient être employés à réduire l'impôt des boissons, à rétablir toutes les routes royales et départementales, à creuser tous les canaux, et enfin à achever tous les ouvrages de fortifications nécessaires à la défense du royaume.

Que devait-on faire ?

Renvoyer la chambre, et faire un appel à la nation.

Les ministres n'ont point hésité à conseiller au Roi la prompte dissolution.

L'expédition d'Afrique était inévitable pour punir l'insulte faite à notre pavillon, et le tort considérable qu'éprouve notre commerce dans la Méditerranée.

Les ministres l'ont encore conseillée.

Enfin le ministère a constamment marché dans les voies légales (quoi qu'en dise la faction) et continuera toujours à suivre avec zèle et loyauté le mandat qui lui a été confié.

La France heureuse depuis la restauration jouit en paix des bienfaits qu'elle a répandus sur toutes les classes de la société. Le règne de notre auguste souverain est marqué chaque jour par des actes vraiment dignes du petit-fils d'Henri IV, et son illustre famille acquiert de nouveaux droits à notre amour, à notre vénération ainsi qu'à notre reconnaissance.

C'est donc à vous, électeurs, de ne point méconnaître les paroles royales, et de voter dans l'intérêt général de la monarchie, et selon les besoins du pays.

Union des royalistes, point de défection, point de révolution, voilà maintenant notre cri de guerre; il sera bientôt le cri de toute la France qui ne peut que triompher dans la lutte électorale qui se prépare. Par ce fait la France n'a plus rien à redouter de ses ennemis : pour elle s'ouvre partout un avenir brillant; et le ministère royaliste qui nous régit, va recevoir le fruit de ses longs, pénibles et courageux travaux, en voyant par ses soins l'hydre révolutionnaire refoulée pour jamais dans son horrible et affreux repaire.

Si ce faible écrit est échappé à ma plume hardie, c'est l'amour de mon Roi, l'amour de la patrie qui me l'a dicté. Hommes audacieux, journalistes méchans, écrivains factieux, la révolution est bien votre partage. Vous voulez encore faire valoir cet affreux héritage. Mon écrit, je le sens, n'a point le moindre prix ; il en aurait un bien grand s'il avait vos mépris.

Duperrel

Paris, ce 18 *juin* 1830.

A. PIHAN DELAFOREST,

IMP. DE MONSIEUR LE DAUPHIN ET DE LA COUR DE CASSATION, rue des Noyers, n° 37.

www.ingramcontent.com/pod-product-compliance
Ingram Content Group UK Ltd.
Pitfield, Milton Keynes, MK11 3LW, UK
UKHW022212190726
13855UKWH00004B/1725

9 782012 997066